खेद का क्रोध

SHOREEDA

सुमित कुमार

Made with ♥ on the Notion Press Platform
www.notionpress.com

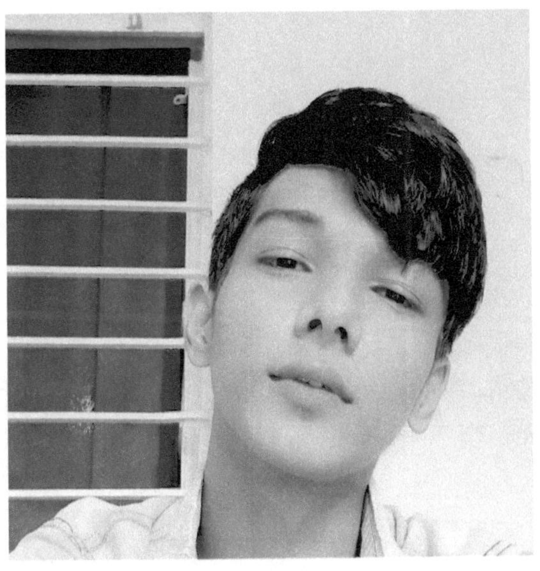

सुमीत कुमार, एक वयस्क जीवन के कई चरणों का अनुभव करते है, एक प्रसिद्ध लेखक नए युग का लेखक है। वास्तव में एक लेखक के साथ-साथ, कवि, शायर, उद्धरण लेखक, गीत लेखक और कलाकार भी है।। एंकर या स्टैंडअप कॉमेडियन। उनके बारे बहुत ही रोमांचक और दिलचस्प तथ्य है कि वह नए युग लेखक हैं यानी वह लेखन यात्रा उस उम्र में शुरू करते हैं जब वह पढ़ने के लिए स्कूलों में जाते थे।

उनकी 100 किताबों की महान होगी भविष्य में उनके लिए, उनकी कुछ प्रसिद्ध यानी प्रेम की परिपक्वता (शैली _प्रेम) स्वप्न की गोपनीयता (शैली-मध्य वर्ग की जीवन जीवन शैली) आप उनकी

नोशन प्रेस, एबे बुक्स, आईम्यूजिक इन, फ्लिपकार्ट, अमेजन, किंडल, इंस्टेंट रीड लाइक, किंडल, गूगल, इंटरनेशनल और भी बहुत कुछ से से खरीद सकते हैं हैं।

स्पॉटिफाई पर पोडकास्टर :@ब्रोकन हार्ट

इंस्टा आईडी : Bookhub92

जीमेल: सुमितकुमार 88234 लिंक्डियन: सुमीत कुमार .

क्रम-सूची

प्रस्तावना

उम्र को पुराने दिनों में जीवन की एक अनमोल स्मृति के रूप में परिभाषित किया गया था क्योंकि हम उस व्यक्ति का मूल्य जानते हैं जिसे हम प्यार करते हैं, वास्तव में आजकल विज्ञान के आंदोलन के साथ सब कुछ बदल जाएगा।और एक कारण यह भी था कि वे क्यों बदलते हैं,क्योंकि जब भी आपने अपना देखने की कोशिश की पिछली यादें सब कुछ नर्क की तरह दूषित है, क्या आप उन्हें यह बताने की कोशिश करते हैं कि वे दिन-ब-दिन सबसे खराब होते जा रहे हैं और तब आप महसूस कर सकते हैं कि अब कुछ भी महत्वपूर्ण नहीं है ,उमर के साथ जिंदगी भी एक तौहीन बन कर सामने आती है जिशे ना तो हम अपना सकते हैं और ना ही उसे रिहाकर सकते हैं |

भूमिका

सुमीत कुमार, एक वयस्क जीवन के कई चरणों का अनुभव करते है, एक प्रसिद्ध लेखक नए युग का लेखक है। वास्तव में एक लेखक के साथ-साथ, कवि, शायर, उद्धरण लेखक, गीत लेखक और कलाकार भी है।। एंकर या स्टैंडअप कॉमेडियन। उनके बारे बहुत ही रोमांचक और दिलचस्प तथ्य है कि वह नए युग लेखक हैं यानी वह लेखन यात्रा उस उम्र में शुरू करते हैं जब वह पढ़ने के लिए स्कूलों में जाते थे ।

उनकी 100 किताबों की महान होगी भविष्य में उनके लिए, उनकी कुछ प्रसिद्ध यानी प्रेम की परिपक्वता (शैली _प्रेम) स्वप्न की गोपनीयता (शैली-मध्य वर्ग की जीवन जीवन शैली) आप उनकी नोशन प्रेस, एबे बुक्स, आईम्यूजिक इन, फ्लिपकार्ट, अमेजन, किंडल, इंस्टेंट

रीड लाइक, किंडल, गूगल, इंटरनेशनल और भी बहुत कुछ से से खरीद सकते हैं हैं।

स्पॉटिफाई पर पोडकास्टर :@ब्रोकन हार्ट इंस्टा आईडी : Bookhub92

जीमेल: सुमितकुमार 88234 लिंक्डियन: सुमीत कुमार .

पावती (स्वीकृति)

सुमीत कुमार, एक वयस्क जीवन के कई चरणों का अनुभव करते है, एक प्रसिद्ध लेखक नए युग का लेखक है। वास्तव में एक लेखक के साथ-साथ, कवि, शायर, उद्धरण लेखक, गीत लेखक और कलाकार भी है।। एंकर या स्टैंडअप कॉमेडियन। उनके बारे बहुत ही रोमांचक और दिलचस्प तथ्य है कि वह नए युग लेखक हैं यानी वह लेखन यात्रा उस उम्र में शुरू करते हैं जब वह पढ़ने के लिए स्कूलों में जाते थे ।

उनकी 100 किताबों की महान होगी भविष्य में उनके लिए, उनकी कुछ प्रसिद्ध यानी प्रेम की परिपक्वता (शैली _प्रेम) स्वप्न की गोपनीयता (शैली-मध्य वर्ग की जीवन जीवन शैली) आप उनकी नोशन प्रेस, एबे बुक्स, आईम्यूजिक इन, फ्लिपकार्ट, अमेजन, किंडल, इंस्टेंट

रीड लाइक, किंडल, गूगल, इंटरनेशनल और भी बहुत कुछ से से खरीद सकते हैं हैं।

स्पॉटिफाई पर पोडकास्टर :

@ब्रोकन हार्ट इंस्टा आईडी : Bookhub92

जीमेल: सुमितकुमार 88234 लिंक्डियन: सुमीत कुमार .

1

एक जिंदगी

हम कयी तरह की मुशिबतो का सामना करते हैं, उसके साथ रहते हैं, उनकी बातें भी करते हैं और कई तो ऐसी भी होती है जो एक दर्द की तरह हमारी यादों की तरह उन चार दीवारों की महफ़िल में एक ऐसी शान बन जाति है जिसकी ज़रूरत है किसी को नहीं होती, कहते हैं हम अपने उमर हर एक इंसान की बात मन बना सकते हैं, पर उसी उमर का पढ़ाव अगर किसी बुधप की शकल में नज़र आए ये वो दो बातें हमसे ज्यादा कहने तो हम उनकी बातों को नजरंदाज कर देते हैं, उनकी हर एक बातों को एक ऐसी अहमियत दे बैठक थी जिस तरह फिदरत हमेशा नफरत की उन गालियों से होकर गुजराती है जो हमें हर वक्त किसी ना किसी तरह की बर्बादी को महसूश करने की वजह देती है, लम्हे कुछ ईश तरह की बनाबत है जो वक्त की चर्चा के हर एक हिस्से को ताजा कर देती है जिसे हम दुबारा कभी देखना नहीं कहते हैं, मैं उन लम्हो की बात नहीं कर रहा जो खुशियों की चार दीवारों में चुकंदर चुकी है ,मैं उन लम्हो की बात कर रहा हूं जो दर्द की उन चार दीवारों में बीटेने वाली है,

हमारे अतीत के हर उन लम्हो की खामोशी बनने जा राही जिस सोच भी किसी के ख्वाब को उससे ईश कादर अलग कर देते हैं कि इसके बाद वो कभी उस ख्वाब की परछाई को देखने की तालीम को भी अपनी बर्बादी समझौता हो, ईश दुनिया में कई ऋषिते बनते हैं, और कई तुत थी भी है,

और कई बनाये भी जाते हैं, और कुछ तो ईश तरह के भी होते हैं जो एक तरफ मुहब्बत को दरसते है, आजकल लोग बड़े असूल से चलते हैं वो भी उन चीज़ों के मामले में जिसका उपयोग नहीं एक बार तो कर लिया है पर वो उसे दुबारा इस्तमाल नहीं करना चाहते, अगर कोई वास्तु है तो ये बातें लागू हो सकती है पर अगर उसी के जगा अपने रिश्ते हुए तो, वो रिश्ते जिसको हमारा कभी साथ नहीं छोड़ता, हर वक्त हर जगह बैश हमारा साथ दिया है, अगर हसम उन्हीं रिश्तों को एक बार प्रयोग कर के दोबारा उसे फेक दे, तो के सच में एक इंसानियत के दर्ज को ऊपर लेकर जाएगी|

ये हमेशा के लिए नीचे, वक्त की खामोशी किश्की भी इंसान को बरबाद कर देती है ये तो सुना था पर अगर वही बात किशी परिवार पर लागू हो तो, रिश्तों में मिली तकलीफ इस दुनिया में कोई नया चीज नहीं है, क्योंकि यह तो हर दिन के साथ रिश्ते बनते भी हैं और टूटे भी हैं, और कई जोड़ने की कोशिश भी करते हैं, एक पिता जिसको भले ही आपने बच्चों को जन्म न दिया हो, और ना ही उस मा की तरह हमने उसे 9 माहिनो पला हो। फिर भी उस पिता ने उसका हर मोर पर साथ दिया है, हर उस मंजिल पर वो उसके साथ खड़ा रहा जहां उसकी मां भी उस वक्त कमजूर पर गई थी, मैं कभी भी एक मां और पिता के रिश्ते को नहीं बता सकता क्योंकि एन डोनो हमारे समाज में बराबर के है, पर कुछ लोग ईश दुनिया में अभी भी है जो ये मानते हैं कि मा का दरवाजा ही सबसे ऊपर है एक पिटे से भी ऊपर, पर क्या ये हक़ीक़त है, मैं तो काफ़ी हद ये महसूश भी कर्ता हुन, पर जब अपने दिल की उस खामोशी को सुनता हूं तो कुछ वक्त के लिए में भी के हमो हो जाटा हूं क्योंकि बहले ही उस पिता ने हमें अपने गर्व में 9 माहीने ना पाला हो, पर उसकी जिंदगी के हर एक माहीने में हमारा साथ दिया है, छोटी शि उस उन्गली को पकड़ कर हमें पूरी दुनिया दिखाई है।

हमें चलना सिखाती है, समाज की बातों को सुनकर कैसे आगे बढ़ना है, हमें वो बताती है, आज कल की सच्ची यही है कि जो लोग हमें कठोर लगते हैं, ये जो वैशे बातें करते हैं, हमें उनसे नफ़रत लगती है वो भी सिर्फ एक वजह सेह की वो हमेशा सच्ची के साथ रहते हैं उन्हें आगे बढ़ते हैं और हमर भला कहते हैं। एक मा बाप तो अपने बच्चे को पूरी उमर तक

पल सकते हैं पर जब वही बात उस बच्चे पर निभाने की आती है तो वो उन रिश्तों को भी छोड़ देता है, असलियत तो यही और काफी हद तक सच्ची, कुछ लोग तो ऐसे भी हैं ईश दुनिया में, कई लोगों को मेरी ये बातें सुनकर तकलीफ भी होंगी पर कलाम की धार अगर असलियत न लिख सकुन तो सच्चे नागरीक की पहचान कैसे दिखा पाएगा।

2

संबंध इकट्ठा करना

ईश दुनिया में लोग हक़ीक़त से काफ़ी डरते हैं और जब वही बात एक रिश्ते पर लागू हो और जब समझ उसकी सच्ची सब के सामने दिखाता है जिशे हम बड़ी शिद्दत से किसी के सामने निभता है और जब वही रिश्ते किसी वजह से टुट है तो उसकी हर वो परछाई हमें तकलीफ देती है, उनकी वो हर वो यादें हमारे जहां में मातृ एक जहर बनकर हमें हर दिन मौत का एहसास दिलाती है, और हमें उस एहसास से दूर भी नहीं जा पाते हैं, लोग कई बार कोशिश करते हैं कि इश दर्द से हम किशी भी तारेक से बश दूर हो जाए पर बहुत कोशिशो के बाद भी हम उनकी परचाई से कभी दूर नहीं हो पार्ट है, और दूर हो भी कैसे जिस दर्द की सचाई हम अपनी आंखों के सामने हर रोज देखते हैं वो सच्ची भी तो कही ना कहीं हमारे अपने की ही तो है।

हर रोज उन रिश्तों को बनाना फिर उन रिश्तों को निभाना, उसे जोड़ कर रखना उसके टूटे पर उस तकलीफ का सामना करना, फिर उसकी यादों में खुद को तकलीफ देना, उस खामोशी को हर रोज झेलना, और उनकी यादों के बनाये हर एक लम्हो को बैश अपने जहां में जिंदा रखना, यही तो जिंदगी बन जाती है ना उनके जाने के बाद।

हर एक ईश दुनिया में उमर की सीमा पार करता है, अपने अतीत से लेकर अपने भूतकल और भविष्य की पहचान बनता है, लोग बदलते हैं उनके रिशे बदलते हैं, उनके हाल बदलते हैं पर उनकी फिदरत की उमर

कभी नहीं बदलती, क्यों नहीं बदलती क्या कभी किसी ने इसके बारे में सोचा है, नहीं, पर में इसकी सचाई बताना चाहता हूं, इंसानों की दूर अगर हमसे कहीं ना कहीं थोड़ी शि भी जोड़ी है तो उसके पीछे मटर एक ही वजह है वो हमारी फिदरत है, क्योंकि वक्त रहते भले ही हमारी चाहत बदल जाए पर हमारी आदत कभी नहीं बदलती |

मैं जिश साक्स की कहानी आप सबको बताने वाला हूं, सयाद उनकी तकलीफ को मैं ना समझ सकुन पर उनके दर्द को महसूस कर सकता हूं, क्योंकि जिश खामोशियों की दीवारों में उन्हें दर्द की कहानी लिखी है सयद उसे ना तो कोई दुसरा बयान कर पाएगा, और ना ही उस तकलीफ से कोई गुजर पाएगा।

एक इंसान की जब सोच किसी ऐसी मंजिल पर रुक जाए जहां रास्ते बहले ही काठी हो पर उसे पार करने में जब कोई अपना साथ दे तो वो उस तकलीफ को कुछ वक्त के लिए अपने जहां से दूर कर देता है, पर अगर वो मंजिल ख़ुशियों से भारी हो पर उसके रास्ते कहीं हो, और ईश वक़्त जब कोई अपना साथ निभाने वाला ना हो तो हम उसे कभी भी पर नहीं कर सकते।

मैं पुरी सचाई भी सयाद एन पानो की सौगतो में आप सबके सामने जाहिर ना कर सकुन, क्योंकि जिश खामोशी को उन लोगों उस वक्त जेहला था सयद में उस कहमोशी अभी काफी दूर हूं, मैं उनकी तनहाई को महसूश ही नहीं कर सकता, रिश्ते, परिवार , दोस्ती, प्यार, मैंने सुना था कि ये इश्क़ होते हैं कि जब एक साक्षी तकलीफ़ में तो ये सारे रिश्ते एक देवर बन कर उन मुशीबातो का सामने करें और उसश सक्षम उस दर्द से रिहा भी करें, ईश दुनिया में हम जब भी ऐसी मुशिबातो में होते हैं जिन्हे हम खुद से कभी दूर नहीं कर सकते, पर ऐसी बात भी नहीं कि हम उस वक्त उन्हें खुद से दूर करने की हर एक कोशिश भी नहीं करते, कोशिश करते हैं पर सयाद हमारे हिससे में उस वक्त वो फतेह लिखी ही नहीं होती है जो हमें दर्द से आज़ादी दिला खातिर, वो तो बेग़ैरत एक उसके हिस्से में ख़ुद को महफ़ूज़ रखती है जहाँ उसके रिश्ते अनजान हैं, वो भी बिल्कुल उसकी ख़ुशियों की तरह,ऐसी बात नहीं कि लोग कोशिश नहीं करते एक दूसरे से दूर जाने की, रिश्तों में अगर थोड़ी शि भी डर आ जाए तो आज

कल हम उसे जोड़ने की वजह, उसे खुद से दूर किशे करे बश इसी के बारे में सोचते हैं, तो फिर उन रिश्ते को बनाया ही क्यों? क्यों एक दूसरे से भारी महफिल में झूठे वादे किए? क्यों एक दूसरे की वजह बन जाते हैं वो भी तकलीफ की, जब साथ निभाना ही नहीं था, तो क्यों ख्वाब उन्हें पूरा करने के।

उम्र अगर छोटी है तो दर्द की खैरत को आप खुद से दूर कर सकते हैं, पर उसकी खैरात उमर के साथ लंबी हो जाए तो उस वक्त उसकी पहचान भी बढ़ती जाती है और उसकी यादें तो जहां में दर्द एक दर्द बनकर ही सफर में नजर आती है।

3

अल्फाज

"

की टूट

कर भी

जुड़ने की

कोशिश की

है

अंधकार की

सचाई में

मैंने

खुद को

धुंधने

की साजिश की

है

मैं जनता

था मैं

उस

तकलीफ

को झेल
नहीं पायूंगा
फिर भी
कुछ रिश्ते
की वजह
मैंने
उनसे
यारी
आज गेहरी
की है।"

4

रेखा का युद्ध

कहते हैं उमर किसी की मोहब्बत नहीं होती सिर्फ वक्त की गहनों को छोड़ देते हैं, कहते हैं वक्त के साथ हमारे हाल भी बदलते हैं, तो रिश्तों की पहचान कैसे नहीं बदलते, आसुन की कीमत किसी को तब पता चलता है जब कोई उस वक्त साथ ना हो, कहने को तो रूह एक ऐसी चीज है जो हमसे कभी अलग नहीं होती पर जब इसकी जगह कुछ ऐसे रिश्ते मिल जाते हैं जो हमें खुद से ज्यादा अच्छे लगते हैं तब हमारी फितरत कुछ ईश कादर बदलती है जैसे हमने कभी खुद को आने के सामने देखा ही ना हो, आयाना हर किसी की सच्ची दिखती है पर कभी खुद की सच्ची ना तो उसे कभी दिखाई है और ना ही कोई ऐसी शिद्दत है दुनिया में जो उसकी असलियत को हमारे सामने ला खातिर, कुछ लोग ईश दुनिया में बड़ी अच्छी इनायत से अपनी पूरी जिंदगी की खुशियों की पर्चियों में जीने की कोशिश करते हैं, और उनमें से कई तो उस उमर के परव को पार भी कर लेते हैं, और जो बक्की बच्चे होते हैं वो बश इश्क में रहते हैं कि किसी भी तरह से हर एक दिन तबुस्सम की पहचान में बीते।

जिश साक्श ने अपनी पूरी जिंदगी उन तन्हाई की चार दीवारो में बंटाई है जिशे खामोश गालियों की सजावत भी कहते हैं, उस साक्ष को मार्ग की कोई जरूरत नहीं होती, क्योंकि असली में वो साक्षी होता ही नहीं है, उसकी रूह तो उससे बहुत पहले ही दूर चली जाति है, जिश दिन उस तनहाई की चार दीवारो में खुद का आशियाना बनाया था, रहने की

फिदरत किसी को नहीं होती उन गालियों में पर मजबूर भी वो बेगैराट पेचान जिशे हर कोई अपने से अलग रखना चाहता है, में जिश साक्षी को आप सब से वकीफ करवने वाला हूं, उस साक्षी ने अपनी तनहाई को जिश उमर में झेला है सयद बहुत कम ऐसे लोग होंगे जो उस खामोश को झेल पाएंगे, समाज की बातें ये कहती हैं और हर वक्त ये दिलासा देती है कि जिंदगी जीने के लिए, दौलत, रोटी, कपड़ा मकान और सबसे जरूरी ऑक्सीजन की जरूरत होती है जो एक साक्षी को जिंदा रखती है, पर बनबती सोच के पीछे हमारा समाज ये भूल चूका है कि मोहब्बत भी बेहद जरूरी किसी मुर्दे साक्षी को भी जिंदा रखने के लिए, ईश दुनिया में हर एक चीज़ दुबारा परेशानी कर सकते हैं पर रिश्ते दोबारा कभी नहीं मिलते अगर उसी में कहीं मिल भी गए तो पहले जैशे नहीं होते, अगर साक्षी अपनी चाहत को थोड़ा काम कर दे तो बेशक ये लाजमी है कि रिश्ते कभी टुते गे ही नहीं और ना वो तनहाई उन गालियों की शान बनेगी जिसके करीब कोई नहीं जाना चाहता।

जब कोई सक्स अपनी तन्हाई को छोड़ अपनी खुशी धुंधने लगे ना तो उस वक्त जिस सारे की तालाब में वो मशहूर रहता है उसी असली में एक परिवार कहते हैं, वो परिवार जिसे कभी साथ नहीं छोड़ता, कहे कैसे भी हल वो हर वक्त। हर घरी बश उस साक्श के पास थे, उसकी फिदरत बदली, उसके हाल बदले फी भी उनसे साथ नहीं छोड़े, पर बेगारात कुछ हाल ऐसे भी होते हैं कि जब आपके सब कुछ हो ना तो वो रिश्ते आपके साथ नहीं होते, जीने की ख्वाइश हर किशी को है कहे वो गरीब हो ये अमीर पर तन्हाई की तबुस्सम सिर्फ उसी साक्षी को नसीब होती है जिसने उस बरबादी को अपने सामने महफूज होते देखा है, ना एन बातों का कोई अंत है और ना ही इसकी कभी किसी ने सुरत की है, क्योंकि एक इंसान कि सोच वही रौक जाति है जहां दौलत अपनी पहचान भुल जाति है, नसीब में अगर कुछ भी नहीं तो आप बड़ी आशानी से परेशानी कर के जीने की कोशिश कर सकते हैं पर अगर नसीब में सब कुछ बहुत पहले से शम्मील है तो वो मेहनत कभी आगे बढ़ना नहीं देगी, खैर बातों की सौगंध में काफी कह चुका अब उस साक्ष की तन्हाई को भी अपने सबके में आप सबको समझा जा रहा हूं।

5

आरजू

"

की ऐ

खुदा

आब पहले

जयसेह

हलात नहीं

है

जिशे

देख

कर में

खुद

को महफूज

कहता था

पर

बैगैरत

कुछ

यादें

हाई यूएन

रिश्ता
केआई
जिंकी खुशी
केई
लिए में
आज भी
मार्ता
हुन।"

6

पेचीदा चेहरे

अहमियत एक मौखते की तरह है हमारी जिंदगी में जिहसे हर एक साक्षी और के सामने बड़ी समजधारी से महसूस होती है क्योंकि इससे बड़ी फतेह जिंदगी में कभी किसी को नसीब नहीं होती, कुछ लोग इसका इस्तमाल करते हैं क्योंकि उनकी तन्हाई कुछ ईश कदर तक बढ़ चुकी है कि अब वो झेल ही नहीं पा रहे, और कुछ लोग तो इसे बड़े सौख से अपनी बेगैरत मशूका मांगते हैं जिनसे दर्द की जगह मुहब्बत काफी है, और कुछ लोग तो इसे परिस्थितियों की तरह भी समझते हैं क्योंकि उन्हें ये लगता है कि ज़िंदगी में जो कुछ उनके पास है वो एक हादसा ही है, गरीब हो कहे अमीर मोहब्बत की खैरत हर किसी के लिए के ही होती है, ये वो धर्म जिसकी कोई सीमा नहीं और ना ही कोई जाती है पर बिश्वास की कीमत हर किसी को पता है, हम जब जन्म लेते हैं तब हमें कुछ नियमों के बारे में खबर भी नहीं जो उस खुदा और ऊपरवाले ने बड़ी शिद्दत से बनाया वो भी हमारे मानव जाति के लिए।

उनमे सेह एक ये है कि अगर आप जिंदगी में किसी के पीछे भागते हैं तो वो चीज आपको कभी नसीब नहीं होगी और ना ही आपकी तकदीर की चाहत बनेगी, असली तो यही कि लोग अक्सर बहन जाती है किशी की मोहब्बत में, पर जिस साक्ष के बारे में जाहिर करने जा रहा हूं उनकी कहानी ही कुछ ऐसी है जो सैयद हर कोई ना समाज ना खातिर क्योंकि कहते हैं अल्फाज हर कुछ ब्यान नहीं करते, इंसान की शिद्दत भी बड़ी

जरूरी है किसी के हाल को समझने के लिए, इंसान अपनी जिंदगी में आगे इश्क़िये मेहनत नहीं करता कि उसे आगे बढ़ाना है, वो आगे इश्क़ करना चाहता है क्योंकि कुछ रिश्तों की खैरत ईश कदर से उसके साथ जुड़ी हुई है कि वो उसे कहते हुए भी खुद से कभी दूर नहीं कर सकता, जब एक छोटी शि मुस्कान ईश दुनिया में जनम लेती है तो उसे कभी ये नहीं सोचा होगा कि उसके आगे की जिंदगी कैसी होने वाली है, पर उसकी उसी में उस चीज की खबर जरूर होगी कि उसका कुछ रिश्ते निभाएंगे वो भी आगे जाकर, वो ना तो उन कभी छोड़ सकता, और ना ही कब ही उसकी नजरों से दूर हो सकता है, हर सफर में उसकी जरूरत है और उसे भी उतनी ही जरा उसकी जरूरत है, कभी कुछ न कहते हुए भी हमारी रूह हमसे वो चीज करवने पर मजबूर कर देती है जिन्हे हम करना नहीं चाहते ना ही उसकी कोई उम्मीद होती है फिर भी कहते हैं कुछ पाने के लिए कुछ खोना भी परता है |

तो ये कहानी भी उस साक्षी की है जिन्की पूरी अधूरी बेटी थी वो भी उन चार दीवारों की खामोशी में जहां वो खुद के मुशफिर थे और उनके रास्ते भी उन्हें खुद ही चुने थे, वो जानते थे कि जिस तरह के रास्ते उन लोगों ने चूने सयद वो उनको अपनी मंजिल से काफी दूर कर सकती है, फिर भी उन्हें कभी उसे छोड़ा बश उसके साथ आप [नि पूरी जिंदगी एक उम्मेद के उसके में छोड़ दी, उसकी कहानी शुरू करने से पहले में एक सवाल हर किसी से पूछना चाहता है जिंहोने अपना के रिश्ते छोडकर किसी और के रिश्ते पर उन्ली उठाई है, जब एक साक्षी गलत है तो उसे अपनी गलती क्यों नहीं दिखती वो किशि और लालच क्यों लगता है कि मैं गलत नहीं था हमारे रिश्ते में? तुम गलत थे तुम्हारी सोच गलत थी, तुम्हारी सच्ची और तुम्हारी हर एक वादे बश जुठ के साये में थे।

खैर बेगैरत ये सबद भी उसी वक्त निकलता है जब तकलीफ की हाद हमर उसी से काफी दूर चले जाते हैं, और बाद में इसे सोच कर हम खुद की नजरों को ही खेद की भावना से देखते हैं, मुझे लगता है मेरे अल्फाजो की सीमा भी कुछ ज्यादा हो चुस्की है इश्किये चलें उस साक्ष की कहानी को आगे बढ़ाते हैं।

7

भगवान के नाम के पीछे

कृष्णा नगर (बिहार)

तो ये कहानी कृष्णा नगर से उस साक्षी की दास्तान बताने वाला हूं, जिनकी मौत तो काफी पहले चुकी है पर उनकी सोच अभी भी जिंदा है वो भी मेरे हिससे में, वो कहते थे की "वक़्त हमें इंसान की अहमियत को बदलता है इश्क़ हमें कभी किसी से रिश्ते बनाना नहीं चाहिए क्योंकि बाद में तकलीफ हमें ही होती है अगर तुम जिंदगी में असली सेह खुश रहना चाहते हो तो खुद से लड़ो और खुद के लिए ही जीने की कोशिश करो, क्योंकि वो उपाय जब हमर लिए किसी को जीता है तो ये जरूरी नहीं कि वो साक्षी हमेशा तुम्हारी किस्मत में एक हमसफर की साथ रहे और साथ दे भी"

उनके कागज़ात की सौगत और भी काफी लंबी पर उनके होते हुए मैंने कभी उनके बारे में सोचा ही नहीं, वैशे उनका नाम मिस्टर रघुनाथ तलपड़े था जो कि पेश से एक इंजीनियर थे, मैंने कभी उन्हें उड़ते हुए नहीं देखा वो जब भी हमरो मिलते थे हमेशा खुश रहते थे और दूसरे को भी खुश करने की कोशिश करते थे, आयशा लगता था कि उन्हें अपने बारे में कुछ खबर ही नहीं है बश खुद में ही मगन रहना और जब भी अपने घर की तरफ उनके कदम बढ़ाते थे तो बच्चों के साथ खेलना बश में

उनकी खुशी थी, कहते हैं एक इंजीनियर की सोच हमारा उन चार दीवारों की महफिल को महफूज रखने की सौगात मिलती है जो वो बेखूबी बड़ी मेहनत से निभाती भी है, मैं उन दीवारों की बात नहीं कर रहा जो हमें धूप के साए और थंड की कहिरत से बचाता है और बारिश आने पर उसके लिए सेह, मैं उन चार दीवारों की बात कर रहा हूं, मैं हूं जिशे असलीत में रिश्ते कहता है, दुनिया भर के लोग के बारे में उतनी खबर नहीं पर में रघुनाथ अंकल को बहुत अच्छे से जनता था, उनके अपने रिश्तों की अहमियत खुद के रूह से भी ज्यादा निभाए हैं, वो कहते हैं तो उस दर्द की महफिल को छोड़ सकते हैं और उनसे दूर जाकर अपनी एक नई दुनिया बना सकते थे पर उन्हें कभी छोड़ नहीं सकते, उनकी जगह उनके हर दुख सुख में वो बश उनके साथ थे, आज ये दुनिया एक ऐसी दुनिया बन चुकी है जहां लोग खुद की परवाह पहले करते हैं और फिर उसके बाद अपने रिश्तों के फिर प्यार, दोस्ती और भी कई दसरे साक्षी, पर रघुनाथ अंकल की तो बात है कुछ और थी, अगर बचपन में मैंने किसी के हिस्से में इंसानियत की झलक देखी है तो सिर्फ उनकी आंखों में ही देखी है क्योंकि वो साक्षी भाल्हे ही खुद को तो नोकसान पौचा सक्त पर किशी और तकलीफ देने की रंजीश उसके में थी ही नहीं। वो अपने हर एक दर्द को अपनी तबुस्सम के पीछे इश कदर महरूम कर लेते थे कि उनकी जगह कोई डरसा उन्हें समाज ही नहीं मिलते थे, पर कहता है न हर किसी की एक सीमा होती जो एक ना एक दिन कभी ना कभी किसी की वजह सेह टूट ही जाति है|

रघुनाथ अंकल वैशेह आम तौर पर तो बिहार से नहीं था पर जब उनका तबादला हुआ तो वो अपने सहर मुंबई को छोड़ कर अपनी जनम भूमि बिहार आ पौचे वो भी सयाद 2011 में, मुझे तो कोई खबर भी नहीं थी ना में उनके बारे में कुछ जनता था। बश सबको ये कहते जर सुना था कि मोहल्ले में जो पड़ोशी आया है सयाद वो थोड़ा पागल है हर किशी को देख कर बश जल्दबाजी रहती है, पर उन्हें असली पता ही कहा थी कि के खुशी को पाने के लिए भी आपको कोई गम छुपाने पर्ते है और अगर कोई आकाश हर वक्त खुद के दर्द को छिपाने की कोशिश कर रहा है तो उस वक्त हमें ये समझने की कोशिश करनी चाहिए कि वो तकलीफ के उस सागर में फसल है जहां कोई और उसका इलावा रह ही नहीं पाएगा, जब

मोहल्ले में किशी और की बात होती थी तो हम बड़े अच्छे से उनके बारे में सुनते थे और बाद में उनके घर के सामने उन्हें नए नामो से चिदते थे क्योंकि हम उस सचाई बेहद दूर जो रघुनाथ अंकल ने अपने आनंद का दिनो तक छुपाए रखा था, जब हमारे मोहल्ले के बाख ओ ने रघुनाथ अंकल के बारे में सुना तो हम सब ने सोचा कि मोहल्ला में एक नया मुर्गा आया तो चलो उसे हलाल करे, मेरे कहने का मतलब है कि जब भी कोई नया साक्षी हमारे मोहल्ले में आता तो हम पहले बहुत परेशान करते और उशे किशी ना किसी तारीख से भगाने की कोशिश करते, क्योंकि उस वक्त नादानी ही कुछ ऐसी थी, पर किशे ये कहबर थी कि बचपन की सैतानी भी किसी की जिंदगी बर्बाद कर सकती है, रघुनाथ अंकल हमेशा किसी को देख, बश मुशकरते रहते थे इशिलए हमने उनके नाम हशमुख तलपदे रख दिया था, और हमेशा जब हम सुबह में उठाने में तो उनके घर के पास जाकर ये बोलकर उन्हें परेशान करते की"

हशमुखे तू कब रोएगा', सयाद एन बातों पर कभी किसी ने गौर नहीं किया होगा पर वो कहते हैं नादानी में बोली हर एक बात आपकी किस्मत बन जाती है, हमें ईश परेशानी से बिल्कुल बेखबर थी कि जो आकार हम रघुनाथ अंकल को अपनी नदीनी मैं दे रहे थे वो सयाद हक़ीक़त में भी उनके उनके हिस्से में एक दिन बदल सकती है, और कुछ ईश कादर बदल सकती है ये सयाद तो उन्हें भी ख़बर नहीं थी प्रति हा एक एहसास था कि ये सब एक ना एक दिन ज़रूर होने वाला है, आज कल इंसान और ऋषि की कोई कीमत नहीं होती जितना जीतने की मैंने महासूश लोग इस्लिये एक दूसरे से जुड़ना कहते हैं क्योंकि वो दौलत है उसके पास जिसके वजह से वो खुद एक अच्छी जिंदगी ई सकत है वो भी पूरी उम्र और जब तक उस तक साख की दौलत उनके काम आते रहेंगे वो तब तक उनके पास रहेंगे, मैंने के उनके में कहा था कि मुहब्बत आजकल बैश बजरो की तालीम ही बन कर ही रह गई जिशे हर कोई बैश खरीदना चाहता है उसके लिए पाने के लिए गेहनत नहीं करना चाहता, ईश दुनिया में किशी सेह मुझे सीखत नहीं है ना ही किशी से कोई इरशा है पर हा कुछ तो है जो मैंने आज एक इंसान होने नते ये एहसास जरूर किया है कि अगर कोई इंसान आपसे मोहब्बत करता है तो वो आपको कभी छोड़

कर नहीं जाएगा आप कैसे भी,क्यों ना, आपकी सोच किसी से मिलती है ये नहीं मिली है, ये आप खुशी रख पा रहे हो ये नहीं रख पा रहे, जब एक साक्षी अकेला ईश दुनिया में आती है तो वो समाज की बातों में क्यों नफरत कर रही है, क्या ये जरूरी है कि हम किसी धर्म जाति ये किसी कौम को माने? क्या ये जरूरी है कि हम उस पत्थर की पूजा करे जिशे हम भागबान माने? है और उन रिस्तो को टुखरा दे जिनके साये ने हमें हमसे महफूज रखा है वो भी किसी और की नफरत से? खैर आज कल लोग अपने इराको में तो पक्के हो जाते हैं प्रति अपने रिश्तों में उनकी सोच हमेशा कच्ची ही रहती है वो भी सदको की तरह जीस्पर चलने से हम हर वक्त एक नई तकलीफ का सामना करना पार्ट है, ऐसे ही मेरा इरादा सरिता तलपदे की भी थी जो कि रघुनाथ अंकल की पत्नी भी थी रिश्ते में पर उनको नहीं कभी अच्छे एहसास से नहीं निभाए ही नहीं, रिश्तों की सच्चाई से भी अच्छे ही अच्छे तरह से पूरी तरह वकीफ नहीं हु पर हा इतना जरूर जनता हूं कि अगर किसी साक्षी की नाकामी एक रिश्ता के बीच आ जाए तो उस वक्त वो रिश्ते तुत नहीं जाते, ना ही उनसे कभी दूर हो जाते हैं, और ना ही वो उन्हें उस तकलीफ के कहने में वो भी अकेले छोड़ कर चले जाते हैं,

है अगर किसी चेहरे की एक खुशी को दिखती है तो उस वक्त तनहाई के लम्हे उससे काफी दूर रहते हैं, पर किसने ये सोचा था कि रघुनाथ अंकल की खुशी ही उनके लिए एक खामोशी की वजह बन जाएगी, एक साक्षी की सोच की खैरात कभी ये सोच भी नहीं स्केटिंग की उसकी अच्छी आदत ही उसके लिए एक बूरी पहचान बन जाएगी और रघुनाथ अंकल कि भी सबसे बड़ी कमजूरी उनकी खुशी ही थी जिसने उन्हें बाहरी महफिल दर्द के वो साहिल दिखाये जिसकी वजह से वो खुद को भी उनकी यादों में महरूम कर चुके थे, भूल चुके थे खुद की पहचान को और उनसे जुड़े हर एक रिश्ते को भी, और उनकी यादें उनके जहां में बश एक जहर बन कर उनके वजूद को हर वक्त उनसे दूर लेकर जा रही थी, ईश उनके में तो सयाद में उनके हलत पुरी तरह ना बता पायूं पर अगले हिसे में सयाद वो वजह पता चल जाए जिसके वजाह से उन्हें खुद के जीने की सौगत को भी उन खुशियों के लम्हे में घूमसुदा कर दिया था।

8

एक दर्पण का सच

"

दर्पण के
खैरात
में चेहरे
साफ हो
ये जरूरी
तो नहीं
और हिस्से
में
एक खुशी
के बदले
यू हमेशा
खुशी ही
मिली
आइशी कोई
किस्मत
उष खुदा
एनई

लिखी ही
नहीं।
में जीत
कर भी
खुद में
हाय हर्
गया
कुच चंद
यादें
की वजह
सेह
ही
मीन यूएन
रिश्ता
सेह तकरा
गया
में जनता
था कि
वो मेरे
अपने ही
है
फिर भी
में उनकी
परछाई
देख कर
घबरा गया।"

9

मेरी आत्मा के बिना

किसी की खुशी भी तनहाई की वजह बन सकती है ये कभी सोचा नहीं था, क्योंकि जहां तक मैंने जिंदगी देखी है लोग एक दूसरे की खुशी में ही अपनी खुशी ढूंढते हैं, पर ये मैंने सुना है कभी देखा नहीं था, ना किसी की महफिल में ना उन चार दीवारों की ख्वाहिश में, लोग इश्किये नहीं बदलते क्योंकि उनके हलता उस वक्त कुछ ठीक नहीं होते, ये वक्त की बेगैरत फना उन्हें तबाह कर देते, ये वो वो खुद को मजबूर समझते हैं, ईश दुनिया में हर एक चीज हमारे हाथों में नहीं क्योंकि उनकी तकदीर ही एक ऐसे वक्त से जुड़ी है जिस सोच से हम सब काफी अलग बन चुके हैं,

वो कहते हैं तनाहिए के आलम में कोई नहीं रहना चाहता पर खुशियों की चाहत में हर एक साक्षी अपनी तबुस्सम को धुंधता है, कुछ लम्हे सफर में ऐसे भी होते जिन्हे होते हुए भी हम उनकी रहो पर कहने की तमन्ना खो देते हैं, ये हर एक साक्षी ना किसी चीज के पीछे भाग ही रहा है, किसी को फरोग चाहिए तो किसी ओ मोहब्बत तो किसी को खुद की वो जगह जहां वो हर किशी से दूर रहे अपनी खुशी से भी, जब लम्बे वक्त आपको किसी चीज की आदत हो जाती है ना तो वो चीज कभी आप से दूर नहीं जा सकती, ये यू कहिए कि हम उस चीज भुला ही नहीं पाते, कहे वो उस सख से जुड़े बुरे बुरे ही क्यों हो, हम तब भी उन्हीं के पीछे भागते हैं, ये हर किसी को ये बात पता है कि जिंदगी में जिस चीज की चाहत

हम खुद से ज्यादा करते हैं ना वो हमारे नसीब में कभी मुलजिम वक्त पे नहीं मिलती, वक्त की चाहत हर एक चीज बदलती है मजबूर कर देती है किसी के सामने खुद के लिए जीने के दो पल माँगने के लिए।

रघुनाथ अंकल की जिंदगी में ये मूर तब आए जब वो अपनी जिंदगी में काफी खुश थी, उन्हें अपनी बीमारी कभी अपनी लगती ही नहीं थी क्योंकि जो भी साक्षी उनसे मिलती वो कभी उनकी बातों से नाराज ही नहीं होता, पर वो कहते हैं ना जब पूरी महफ़िल ख़ुशियों की नुमाइश में रहती है तो गम के बदले किसी एक घर को पूरी तरह बरबाद कर देती है और उस दिन रघुनाथ अंकल की ज़िंदगी में वो बरबाई आने वाली थी, जिसकी ना तो उन्हें ना तो कुछ खबर थी और ने ही कोई एहसास।

मिस सरिता तलपदे जो उनकी पत्नी थी, उनके कभी उनका साथ नहीं छोड़े कहे हलत कैसे भी क्यों ना हो, वो हर वक्त बैश उनके साथ रही, हर खुशी में हर गम बैश वो उनके साथ कड़ी रही, पर उस दिन ये बातें भी बदली चुकी थी और उनके हाल भी, आयशा क्यों हुआ? ये बात किसी को भी पता नहीं चली, बश उनके घर से एक दिन चलने की आवाज आई और उसके बाद मिस सरिता अपने बच्चों के साथ रघुनाथ अंकल को अकेले छोड़ कर चली गई, उस वक्त हमारी पूरी सोसाइटी उनके घर के तरफ ही देख रहे और बहुत सारी बातें बना रहे थे

10

बातचीत का दर्द

"की रघुनाथ का तो चक्कर चल रहा था किशी दूसरी औरत से, अरे तुम्हें पता नहीं क्या वो पूरी तरह से पागल है अपने ससुर के मौत पर भी वो रोया नहीं बश है ही जा रहा था उसकी पत्नी ने उसके साथ छोड़ दिया, और मैंने तो सुना है कि उसका उपयोग कम पर से निकल दिया गया है, ऋषिबत लेते जो पकड़ा गया।

जिंदगी भी अजीब रंग दिखाती है ना, कभी इतनी खुशी देती है कि उस खुशी को हम कभी संभल ही नहीं पाते और कभी इतने गम देते हैं कि खुद की छोटी शि मजबूर भी एक मौत के बराबर महसूश होती है, रिश्ते जब अधूरे हो ना तो आप किसी साक्षी को उस चीज से निकल सकते हैं प्रति उसी की जगह अगर वो रिश्ते पूरी मोहब्बत और भरोसे की बदलोत बनाए गए हो तो आप कभी उस चीज से बहार निकल ही नहीं सकते क्योंकि वो वजह बन जाती है आपकी जीने की, आप कभी उससे मुह नहीं मूर सकते, बचपन से येन सुआ था कि रिश्ते तो ऊपरवाला बनाता है, और जो कुछ भी है बश उस उपरवाले की महिमा है और कुछ नहीं, पर क्या सच में? मुझे तो एन बाते पर विश्वास ही नहीं होता क्योंकि बघवान कभी इतने कच्चे रिश्ते नहीं बनते जो हल्की शि हवा देख कर भी एक दूसरे का साथ छोड़ दे, हा समझौता हुन कुछ मजबूरियां होती है जो एक दूसरे से एक साथ न रहने पर मजबूर कर देती है पर उन मजबूरियों का हाल भी होता है, आजकल छोटी-छोटी बातें पर भी हम किसी को खुद से

इश लदर दूर कर देते हैं कि वो साक्षी इतना टूट जाता है कि वापस लौटते गुजारिश में भी उसी खामोशी के दो पल ही मिलते हैं।

उस दिन कई लोगे ने कई बातें कहीं सिर्फ रघुनाथ अंकल ही ये बातें जानते थे कि असली वजह क्या है पर उन्हें कभी किसी से कुछ जाहिर नहीं किया लोग उन्हें जल्दबाजी में रहते थे पर तब भ अनहोने ने कुछ कहा, वो भी उन्हें देख कर उनी बातें सुनकर बश जल्दबाजी ही रहते थे, कई बार तो लोग ने ये भी कह दिया उनसे कि तू ईश दुनिया में है ही क्यों ना तो तेरी पत्नी तेरे साथ है और न ही तेरे बच्चे, लगता है तेरी बीवी तुझसे खुश नहीं थी, कोई गुप्त रोग तो नहीं है ना तुझे, पहले ये बातें समाज में नहीं आती पर अब जब अहसास होता है तो अंदर से रूह भी कप्प जाती है कि उस साक्ष आखिर इसे कैसे झेला होगा, इतने दर्द को झेलकर भी वो खुशी कभी अपने से जाने ही नहीं दी, काइशे आते होंगे वो हर एक दिन हर एक लम्हे वो भी उन रिश्तों के बिना जो हर वक्त तो उनके साथ थे पर जब एक छोटी शि मजबूर ने उनके घर में दस्तक दी तो उन्हें उनका साथ छोड़ दिया।

11

वास्तविकता का घाव

कहते हैं जब किशी को रिश्ते में झाकम मील तो वो साक्षी अपनी आदत और फिदरत दोनो बदल देता है, पर रघुनाथ अंकल को मैंने कभी आयशा देखा हीनाही ना तो कभी किसी की बात सुनकर अनपर गुस्सा करते और ना ही कभी लड़ाई, बाद में पता चला कि उनकी पत्नी अपने बच्चों के साथ अमेरिका चली गई, इसका बाद जो कभी सोका नहीं था आखिर कर वही होने लगा, जिश साक्ष के चेहरे पर मैंने कभी वो खामोशी नहीं देखी अब उनके हर दिन की सूरत बन चुकी थी, वो गुस्सा जो किशी ने भी इतने दिनों तक उनके चेहरे पर नहीं देखा अब वो साफ दिखायी दे रहा था, लोग जो पहले उनका मजक उड़ते थे आब वही उनके पास आने से भी घबराते अगर किसी की महफिल बरबाद है तो बेहशाक हम भी उसमें शमिल हो सकते हैं अगर किशी की दुनिया ही बरबादी की महफिल में बनी है तो हम उसमें कभी शम्मिल नहीं हो सकते क्योंकि उस महफिल में जो दर्द की तकलीफ मिलती है वो कोई आम इंसान झेल ही नहीं सकता।

एन सब के बाद ना तो उन्हें मैंने जल्दबाजी में देखा न ही वो तन्हिये देखी चेहरे पे जो किसी की मोहब्बत से टूटे से मिलती है वो बश खामोश हो चुके थे उनकी तन्हिये भी कुछ ईश कदर की थी जिशे ना तो कोई साक्षी उस महफिल महसूश कर सकता था और न झकम का कोई इलाज कर सकता था, अगर एक साक्षी की आंखें से अगर दर्द के वो आस्युन बहार निकला जाए तो उसका संभला जा सकता है वो अपनी नई जिंदगी

की सुरुआत कर सकता है, पर वक्त के रहते अगर वो दर्द तुम्हारी फिदरत बन गया तो वो आपकी जान लेकर ही मनेगा, एक जिंदे सर्फ को सांस की उस रख में बदल दूंगा जहां सिर्फ आग की लैपटे होंगी और सुनसान शि रहे।

रघुनाथ की खामोशी भी कुछ ईश कदर की ही थी वो अपनी सासियां तो ले रहे पर उनकी पूरी जान उनके परिवार के साथ ही थी, जो कि उस वक्त उनसे काफी दूर थी, ना तो कोई कॉल ना ही कोई मेसेज, बैश उनकी तस्वीर को देख एक छोटी सी मुस्कान और इसके बाद फिर उस तस्वीर को गले से लगा कर तो जाना बस यही उनकी आदत बन गई थी उनके वह से जाने के बाद, आब हलत वक्त के साथ और भी बिगर चुके थे रघुनाथ अंकल अब हर दिन बीमार परने लगे अनहोने कई बार अपना इलाज भी करवा पर उनकी हालत सुधरने के वजह और खराब होने लगी, पर बालों की बात तो है कि उनके तब भी अपने परिवार को अपने हाल के बारे में कभी नहीं बताया, ना ही पाने बेटे को और ना ही पानी पत्नी और अपनी बेटी को बश हिसे में जो दर्द की सफारी उनकी यादों में उन्हें मिल रही थी वो बहाने उन्हीं के सहर जी रहे थे, वो कहते हैं जब जीने की इच्छा ही अंदर से मर जाती है तो कोई दुआ और दबा उस वक्त काम ही नहीं आती वो बश एक शाप बन जाति जो उनके दर्द को और भी बी आधा देती है, मौत कभी मुक्ति नहीं बन शक्ति और जिंदगी कभी किसी तरह की कफ नहीं होती, अनहोन ईश तन्हिये को कफी दिन झेल लिया और उनके ईश हल को देखकर सोसाइटी वालों ने भी उनके परिवार को कफी बार कॉल ट्राई किया और कई बार पत्र भी भेजे पर उधर से ना तो किशी ने उनका हाल पूछा और ना ही कोई जवाब दिया, आयशा लग रहा था कि जो दुनिया बहुत पहले से परमाणु साथ थी वो एक ही पल में उनसे दूर हो गई, उनकी आंखों के सामने ईश कदर एक साए में चुप गई जिसकी तस्वीर ना तो साफ थी और ना ही खरब, एन सब के बाद हर कोई उनकी हाल देख उनके बारे में पूछने आ जाटा और उनकी मदद भी करता पर अनहोन तब भी किसी को तकलीफ नहीं दी वो तब भी यही बोलते की सुक्रिया पर में ये कर लूंगा पर साथ देने के लिए बहुत बहुत सुक्रिया!

उन्होंने न तो अपने हाल कभी जहीर किए और ना ही कभी खुद के महसूश होने की वो किश दर्द की सफारी बन चुके है बश वो जीने की फिदार्ट की मौत की सफारी में बदल चुके थे बसी इतनी ही वजह थी, और जिश बात का हम सब को डर आखिर कर ऐसा हुआ?

19 मार्च का अंधेरा

19 मार्च को उनकी मौत हो गई वो भी हार्ट अटैक से, जो भी ईश कहानी को पढ़ा रहे उनसे एक गुरिश है उसश साक्षी कमजोर ना समझने की रिवायत करे क्योंकि जिसे आपने से मिली तनही को भी तबुस्सम की चाहत में बड़े अच्छे से झेला है ना वो साक्षी कभी कम्जूर हो ही नहीं सकता, वो बहुत मजबूत थे, पर पता है वो साक्षी आखिरी जीत कर भी हर क्यों गया क्योंकि वो मजबूत तो था पर हमें खुद की खुशी उन्हीं रिश्तों के नाम कर देते हैं उन्हें कभी समझा ही नहीं। अगर साक्षी कामयाब है तो हर कोई साथ देता है, पर वो साथ है ही कहा जो किसी की कमाई को देखकर हमें उनके अरेब लेकर जाए, जुथे वो रिश्ते जो किसी की कमाई को देखकर बनाते हैं, उनका कोई वजूद नहीं है, ना ही कोई पहचान है, खोए हैं उनकी बातें और सारी यादें भी जो एक दूसरे के साथ मिलकर बनाती हैं, ये सब होने के बाद उनकी पत्नी आई तो उनके लिए नहीं अपने घर के लिए उनकी दौलत के लिए और अपने उनके लिए क्योंकि बहले ही यूनिकी बातें नहीं होती पर रघुनाथ अंकल ए पीएनआई पूरी सैलरी उन्हें ही भेजती है, आखिर ईश दुनिया को कोई साक्ष जिंदा रह कर भी क्या करेगा, अगर रिहास्तो को जोड़ने की मौत होती है तो नहीं नहीं ऐसे रिश्ते, जो आपकी दौलत की वजह से ये आप कहीं ना कहीं कमियांब हो अगर कोई साक्षी उसकी वजह से आपके साथ है तो छोड़ दे ऐशे साथ को क्योंकि इंसानियत इंसानों के साथ निभाती है जाति है लालच के साथ नहीं।

खैर एन सब के बाद उस घर में कभी किसी ने दस्तक नहीं दी, ना तो उनके परिवार ने और ना ही हमारी सोसाइटी में सेह किसी ने क्योंकि सब के ये मानना था कि उस घर में उनकी आत्मा घूमती है जो किसी के उस दरवाजे के अंदर नहीं जाती और अगर कोई साक्षी गलती से उनकी रेखा को पार करता है तो वापस कभी नहीं लौटाता, एन सब के बाद उनके सरे को तो जला दिया गया पर उनके घर के अंदर न तो उनके परिवार ने कभी दस्तक दी और ना किसी बाहरी सख ने अंदर जाने की हिम्मत

की कभी, घर की हालत जैसी थी वैशी ही रह गई, पर कहा जाता है कि हर रात को उस घर में जलता है और पूरा घर में सिर्फ रोशनी ही होती है, अब ये बात कितनी जुठ है और कितनी सच ये तो अगले हिसे में ही पता चलली जी, पर रघुनाथ अंकल की मौत हार्ट अटैक से नहीं थी, उनकी हत्या हुई थी? प्रति उनकी हत्या के कितने ये भी एक रहते ही हैं बक्की रहे की तरह जिनपर से अभी पूरी तरह परदे भी नहीं उठते हैं?

अंग तो जला दिया तुमने प्रति रूह की बगबात अभी बक्की है और जो चेहरे आज खुशी के लम्हे में मेरी बरबादी का अंजाम देख रहे हैं अभी उनकी सजा बाकि है।

आखरी शब्द

"

कबर
की मोहलात
तो
काफ़ी पहले
तय
कर दी थी
अनहोन
वो तोह
मेरी रूह
थी
जिस्ने बेइगैरात
कभी उश
महफिल
को
अपना
माना ही नहीं |
"

"

की मुझे
रिश तोह
का वास्ता
मत दिया
करो
निभाने में

बड़ा
कमजूर
हुन
अगर
गलती से
उन्हें
निभाने
में
कामयाब
ना रहा
तोह बेवजह
मेरी
पुरी
दुनिया
ही लट्ट
लूट लेंगे वो |"

www.ingramcontent.com/pod-product-compliance
Lightning Source LLC
Chambersburg PA
CBHW021148130726
47988CB00004B/1510

* 9 7 9 8 8 8 8 8 3 0 9 1 8 *